Marie Curie

No país da ciência

Originalmente publicado na Itália sob o título:
Marie Curie nel paese della scienza
A presente edição brasileira foi traduzida diretamente do texto original francês; com exceção das notas, traduzidas do original italiano.

Edição publicada por acordo com Anna Spadolini Agency, Milão

Coordenação editorial: Graziela Ribeiro dos Santos e Olívia Lima
Tradução das notas da ilustradora e preparação: Adilson Miguel
Revisão: Marcia Menin e Carla Mello Moreira
Revisão técnica: editorial de Ciências - SM Educação

Projeto gráfico: orecchio acerbo
Edição de arte: Rita M. da Costa Aguiar
Caligrafia: Robson Mereu
Produção industrial: Alexander Maeda
Impressão: Bartira

Dados Internacionais de Catalogação na Publicação (CIP)
(Câmara Brasileira do Livro, SP, Brasil)

Cohen-Janca, Irène, 1954 -
Marie Curie no país da ciência / Irène Cohen-Janca ; ilustrações Claudia Palmarucci ; tradução Chantal Castelli. -- São Paulo : Edições SM, 2020.

Título original: *Marie Curie au pays de la science / Marie Curie nel paese della scienza*

ISBN 978-65-5744-029-2

1. Curie, Marie, 1867-1934 - Literatura infantojuvenil 2. Literatura infantojuvenil 3. Química - Literatura infantojuvenil I. Palmarucci, Claudia. II. Título.

20-36547 CDD-028.5

Índices para catálogo sistemático:

1. Marie Curie : Literatura infantil 028.5
2. Marie Curie : Literatura infantojuvenil 028.5

Aline Graziele Benitez - Bibliotecária - CRB-1/3129

1ª edição março de 2021
5ª impressão, 2024

SM Educação
Avenida Paulista 1842 – 18°Andar, cj. 185, 186 e 187 – Cetenco Plaza
Bela Vista 01310-945 São Paulo SP Brasil
Tel. (11) 2111-7400
atendimento@grupo-sm.com
www.smeducacao.com.br

Irène Cohen-Janca

Marie Curie

No país da ciência

Ilustrações
Claudia Palmarucci

Tradução
Chantal Castelli

sm

Dizem que, às vezes, o vulto de uma mulher magra e de cabelos claros passa rapidamente por trás das janelas do antigo prédio de tijolinhos. Trajando uma longa veste escura, ela atravessa salas onde brilham bancadas de cerâmica branca e senta-se diante de uma grande escrivaninha de madeira, na qual repousa um telefone antigo. Apoia o queixo na mão e parece sonhar acordada.

Ela também é vista caminhando lentamente pelas alamedas do pequeno jardim, curvando-se sobre os roseirais, cujas flores toca com suas mãos calejadas.

No entanto, é diante de uma caixinha de madeira e chumbo que ela se demora mais, e um sorriso se desenha em sua fisionomia tão séria. Que tesouro essa caixinha esconde? Será mais precioso que o diamante mais puro e mais raro? E essa sombra de melancolia em seu rosto, o que significa?

— Mania... Maniusia, meu bem,
meu Anciupeccio, venha cá!
A mãe de Maria
usa muitos apelidos
amorosos para chamá-la.
Os diminutivos carinhosos
são um costume na Polônia,
mas nenhum dos cinco
filhos da família Sklodowski
tem tantos quanto ela.

— Você está toda vermelha e descabelada, filhinha! Mania se senta então em um banquinho aos pés da mãe, que, com suas mãos pálidas e compridas, lhe acaricia os cachos loiros e bagunçados. A senhora Sklodowska não pode beijar nenhum dos filhos, porque sofre de uma doença grave e contagiosa, a tuberculose. Ainda assim, as brincadeiras e a alegria estão presentes na vida dos irmãos Sklodowski. Rir, brincar e, principalmente, aprender são coisas valorizadas na casa!

A família vive na cidade de Varsóvia. O pai é professor de física e matemática; e a mãe, ex-diretora de um colégio interno de moças, onde trabalhou até o nascimento de Mania. "Verdadeira enciclopédia viva", o pai das crianças Sklodowski acredita que sempre é possível aprender: uma ida ao campo serve para conhecer plantas e insetos; os raios e trovões, para descobrir a eletricidade; o pôr do sol, para entender a rotação da Terra.

Todo sábado, reunidos em torno do samovar, os cinco filhos — Zosia, Bronia, Hela, Mania e Joseph, o único menino — escutam maravilhados o pai ler os maiores textos não só da literatura polonesa, mas também da inglesa e da francesa. Dessa educação, Mania guardará aquilo que a guiará ao longo de toda a vida: não existe riqueza maior que o saber, a cultura e o conhecimento.

Quando o dinheiro começa a faltar, depois que o pai perde o emprego de vice-diretor, Mania compreenderá também o que é coragem. Isso porque a família passa a receber inquilinos, e logo seu apartamento se transforma em uma verdadeira colmeia. Mania não encontra mais nenhum canto tranquilo na casa e é obrigada a sair da cama às seis da manhã para dar lugar ao refeitório dos pensionistas.

Para economizar, sua mãe adquire ferramentas estranhas. Na sala, como uma autêntica sapateira, ela recorta o couro, estica o linhol recoberto de piche, manuseia o furador, o trinchete, o ferro de alisar.

— Mamãe, o que você está fazendo?

— Um lindo par de botas para você, Mania, meu amorzinho.

Porém o lugar preferido de Mania é o escritório do pai, que esconde tantos tesouros: uma linda xícara de porcelana de Sèvres azul, um pêndulo de malaquita verde-vivo, quadros com ricas molduras e, principalmente, um barômetro de agulhas douradas pendurado na parede e uma vitrine com tubos de vidro, amostras de minerais de todas as cores e um magnífico eletroscópio de folhas de ouro.

Todos esses objetos encantam Mania.
— São instrumentos de física — explica o pai.
Com seus lindos olhos acinzentados,
Mania os contempla e não se cansa de repetir:
— Instrumentos de física... Instrumentos de física...

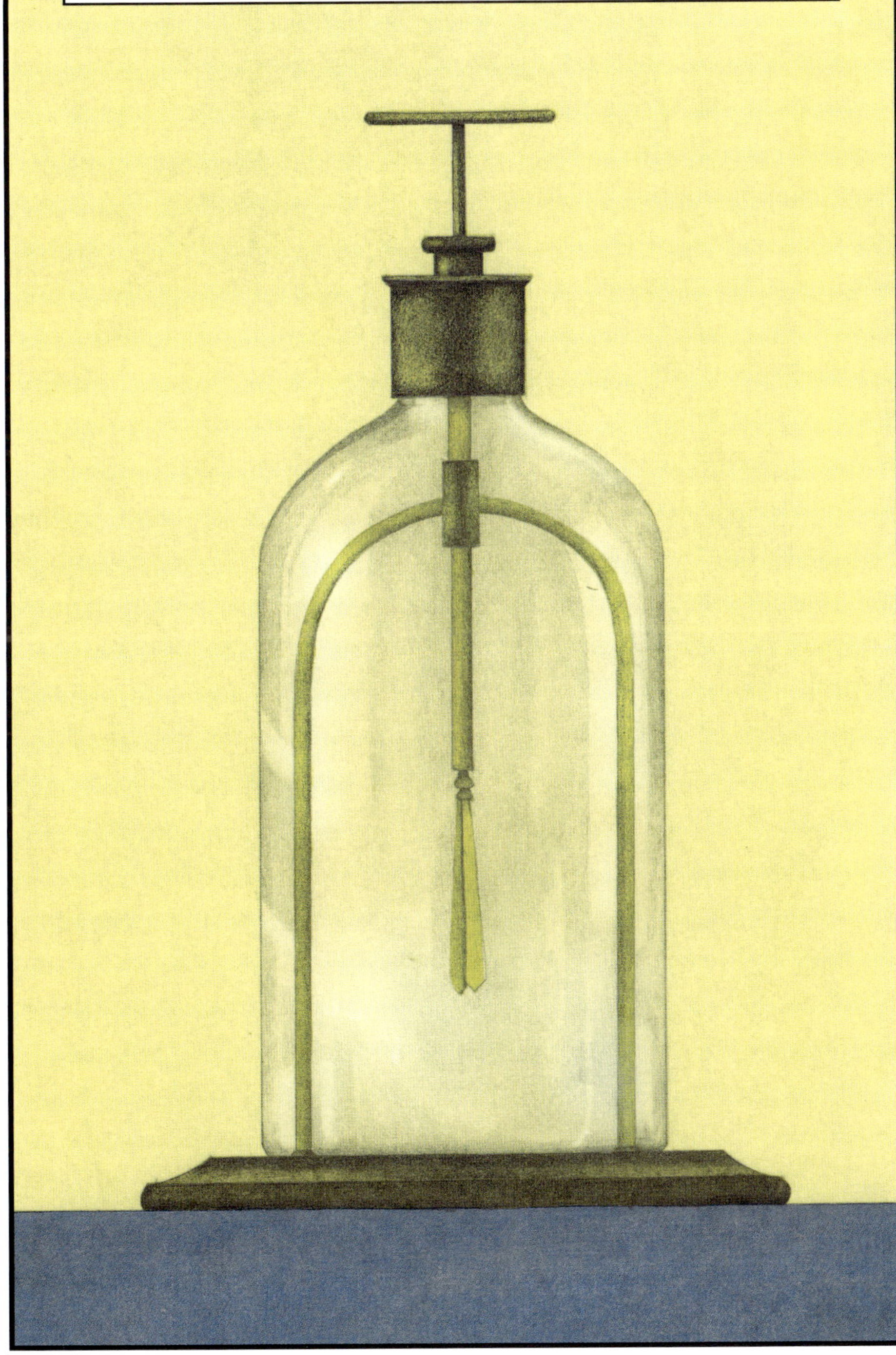

Em janeiro de 1876, a infelicidade toma conta da casa. A irmã mais velha de Mania, a imaginativa Zosia, que inventava e contava histórias extraordinárias, é levada pelo tifo. Na igreja de Nossa Senhora, localizada na praça Nowe Miasto, Mania, vestindo um mantô preto e com o coração cheio de dor, ajoelha-se e reza.

Ela reza pela pobre Zosia
e pela mãe doente, que tanto ama.
Porém suas preces são inúteis e,
em maio de 1878, a senhora
Sklodowska diz adeus a seus filhos.
Mania tem apenas dez anos quando
volta a se vestir de preto, sentindo-se
terrivelmente abandonada.
Então, sua irmã Bronia toma
as rédeas da casa.

Mania termina os estudos e sai da escola com a maior das recompensas, a medalha de ouro. Seu apetite pelo saber é enorme; ela gostaria de continuar a estudar, mas na Polônia as meninas não têm acesso ao ensino superior. Além disso, o país vive sob o domínio da Rússia, que quer a todo custo impor sua cultura. Até falar polonês é proibido nas escolas e universidades.

Os professores poloneses decidem então criar uma universidade clandestina: a Universidade Volante. De noite, às escondidas, em apartamentos gelados de Varsóvia, eles dão cursos de história, literatura, matemática, ciências naturais. Durante dois anos, Mania e Bronia frequentam essas aulas proibidas. Mania também instrui as mulheres do povo, organiza oficinas de leitura e monta uma pequena biblioteca.

O saber, pensa Mania, é como uma chama que deve passar de mão em mão para iluminar o mundo, trazendo mais justiça e liberdade. Ao contrário das moças de seu tempo, ela não sonha com bailes, vestidos maravilhosos e um príncipe encantado. Aprender, aprender sempre, esse é o sonho de Mania; obter seu diploma e um dia ter a chance de dar aulas na Polônia.

No entanto, para conseguir um diploma universitário, é preciso partir, se exilar, estudar em universidades estrangeiras, e seu pai não é rico.

— Como vou poder ajudar vocês, minhas filhas, a fazer cursos no exterior, logo eu, que sonhava em dar-lhes a melhor educação possível?

Mania consola o pai tão amado, mas seu maior sonho ainda é estudar na Sorbonne, a célebre universidade francesa, onde se ensinam biologia, matemática, sociologia, química, física.

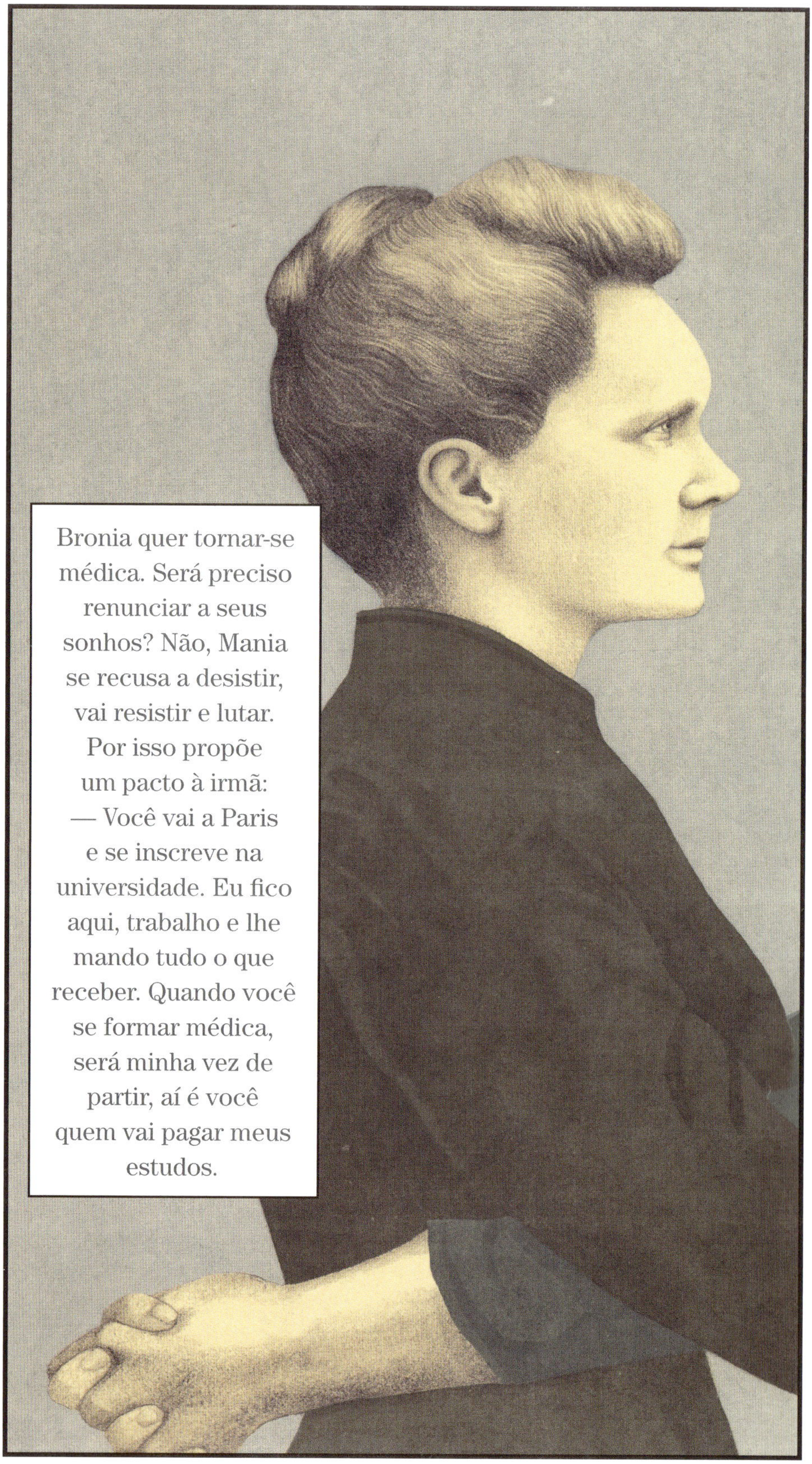

Bronia quer tornar-se médica. Será preciso renunciar a seus sonhos? Não, Mania se recusa a desistir, vai resistir e lutar. Por isso propõe um pacto à irmã:

— Você vai a Paris e se inscreve na universidade. Eu fico aqui, trabalho e lhe mando tudo o que receber. Quando você se formar médica, será minha vez de partir, aí é você quem vai pagar meus estudos.

Bronia recusa o
sacrifício de Mania.
— Não, por que
eu vou primeiro?
Vamos fazer o
contrário. Você
é mais talentosa,
vai alcançar seus
objetivos mais
rápido.
Porém, Mania insiste
e convence a irmã.
— Bronia, você tem
vinte anos, eu ainda
tenho dezessete...
Vamos ser práticas.

Um caminho longo e difícil aguarda Mania.
Ela começa a dar aulas de aritmética, geometria e francês aos filhos das famílias ricas de Varsóvia.
E então descobre pessoas vaidosas, maledicentes, preocupadas apenas com dinheiro.
Em 10 de dezembro de 1885, ela escreve à prima Henriette: *"Eu pude conhecer um pouco melhor a espécie humana"*.
Suas aulas são mal pagas e, às vezes, até "esquecem" de lhe pagar. Para que o plano de Mania dê certo, ela precisa ganhar mais.

Por isso aceita um emprego de governanta na casa de uma família de prósperos industriais em uma província distante.
Na manhã fria e enevoada de 1º de janeiro de 1886, Mania, então com dezoito anos, deixa Varsóvia, seu pai, a casa da família, a Universidade Volante e seus amigos, angustiada com a solidão que a espera.
Para aliviar a dor do exílio e do isolamento, ela rememora a bela paisagem rural dos Cárpatos, onde passou férias maravilhosas quando criança.

Mania ama a vida ao ar livre e imagina uma linda região de florestas e prados a sua espera. Porém, após três horas de trem e mais quatro de trenó através de imensos campos de neve mergulhados no silêncio do inverno, o que ela descobre? Nem prados nem florestas, mas plantações de beterraba e terras geladas que se estendem a perder de vista.

Não muito longe da residência da família,
há um riacho de águas sujas
e uma usina onde as beterrabas são
transformadas em açúcar, com uma chaminé
horrível cuspindo fumaça negra.
Aos poucos, contudo, Mania
se acostuma a essa vida de província.
Depois de dar aulas para as duas crianças
da família, ela ensina os filhos
dos camponeses e dos operários a ler e escrever.

Mania encomenda muitos livros de ciências e continua estudando sozinha à noite, consumida pela mesma sede de aprender. No entanto, muitas vezes, o desespero, o desencorajamento e a amargura tomam conta dela. Em dezembro de 1886, escreve à prima Henriette: *"Meus sonhos desapareceram feito fumaça, eu os enterrei, tranquei, escondi e esqueci — pois você bem sabe que os muros são sempre mais fortes que as cabeças que tentam destruí-los".*

Logo depois, outro desgosto ensombrece a vida de Mania. Durante a estada naquele lugar, ela se apaixona por Casimir, o filho mais velho da família. Casimir ama Mania. Mania ama Casimir. Entretanto, a família reprova o casamento. — Ninguém aqui se casa com uma professorinha pobre — declara a mãe de Casimir.

Finalmente, em 1889, Mania volta a Varsóvia, onde passa a viver e trabalhar. Em março de 1890, Bronia, já médica e casada, escreve à irmã: *"Você pode vir morar conosco em Paris no ano que vem"*. Enfim chega sua vez! Mania está prestes a derrubar todos os muros que, ao longo da vida, estiveram entre ela e seus sonhos.

Em novembro de 1891, o Transcontinental deixa Mania, então com vinte e quatro anos, nas plataformas enfumaçadas da Gare du Nord. Nem bem se instala na casa de Bronia, ela corre para o Palácio do Saber, o Templo do Conhecimento, ou seja, a Universidade de Sorbonne. Ali, matricula-se na Faculdade de Ciências com o nome de Marie Sklodowska.

— Eu pego o Sol e o arremesso —
diz calmamente Paul Appell.

Agora Marie vive seu sonho: sentada na primeira fileira de um amplo anfiteatro, ela escuta, fascinada, o grande professor de matemática francês. Com voz clara, o homem de barba branca e paletó preto faz malabarismo com os números e os princípios do Universo, cria imagens ousadas, arrasta os alunos pelas terras vastas e maravilhosas da ciência.

Apesar de seu entusiasmo, Marie depara, para sua infelicidade, com suas deficiências em física e matemática, bem como em língua francesa. Ela precisa se esforçar muito! Para ficar mais próxima da Sorbonne, deixa a casa de Bronia e se instala perto do Quartier Latin. Passa a morar em mansardas, pequenos quartos sem aquecimento nem iluminação. Às vezes, o frio é tanto que ela empilha todas as roupas sobre a cama para obter um pouco de calor.

Pela manhã, Marie só encontra água gelada na pia. Ela se dedica sem trégua aos estudos, dorme e se alimenta muito pouco. Estuda na grande biblioteca Saint Geneviève até as dez horas da noite e depois em seu quartinho até as três da manhã, sob a luz fraca de um lampião, ao lado do aquecedor apagado.

Um dia, Marie desmaia de tanta exaustão. O marido de Bronia, que também é médico, vai buscá-la e pergunta:

— O que você comeu hoje?

— Não sei... cerejas e rabanetes.

— E ontem?

— Um maço de rabanetes.

— Vamos para casa. Você precisa de uma boa terapia à base de bife e descanso!

Em pouco tempo, porém, Marie volta à sua mansarda e aos seus estudos. Ela queima etapas, estuda incansavelmente, e seus esforços são recompensados. Em julho de 1893, com o coração acelerado, ela chega à Sorbonne para receber o resultado do exame de bacharelado em física.

No grande anfiteatro, imerso em um silêncio inquieto,
a voz do presidente do júri ressoa:
— Primeira colocada: senhorita Marie Sklodowska.
No ano seguinte, ela se gradua em matemática, ficando
em segundo lugar no exame final.

Dos anos tão difíceis, Marie ainda será capaz de guardar a lembrança de uma "época abençoada".
Veja este poema que ela escreveu em polonês:

Ah, juventude de estudante que amargamente escorre
...
E, todavia, na solidão
Ela vive, obscura e feliz
Pois no íntimo reencontra a paixão
Que torna imenso o coração...
Mas a época abençoada se apaga
É preciso deixar o país da ciência

Depois da decepção com Casimir, Marie quase não pensa em amor e casamento. Ela tem apenas um horizonte, uma paixão: a ciência. Isso, porém, até a primavera de 1894, quando conhece Pierre Curie. Ele é um grande cientista, autor de descobertas importantes, um homem que carrega a mesma paixão e o mesmo ideal que ela.

Pierre despreza dinheiro
e honrarias e também
detesta o espírito de
competição. Passa horas
com Marie, discutindo
problemas de física,
e a presenteia com livros
de ciência, em vez de
flores e chocolates.
Ele lhe fala de sua
infância sonhadora
e das longas caminhadas
no bosque.

Quando Marie parte para a Polônia, no verão, para reencontrar o pai e talvez tornar-se professora por lá, Pierre lhe escreve: “Vou ficar muito triste se você não voltar este ano”. É 7 de setembro de 1894. Mas Marie retorna e, em 26 de julho de 1895, eles se casam na cidade de Sceaux.

Depois da cerimônia bem simples, partem de bicicleta pelas estradas de Île de France e, já durante a lua de mel, começam a pensar nas pesquisas que podem conduzir juntos...

— Incrível! — exclamam os assistentes
do professor Roentgen ao ver
a fotografia que ele exibe.
O professor tinha acabado de fotografar
a mão do cientista Albert von Kölliker, e o
que a multidão vê? Os ossos de sua mão.

Na Alemanha, no mesmo ano de 1895, Roentgen acabava de descobrir raios estranhos que atravessam a matéria: madeira, alumínio e também tecidos humanos. Nascia a radiografia. Foram batizados de raios X porque, em matemática, o X simboliza o desconhecido.

Um pouco mais tarde, o físico francês Henri Becquerel, intrigado pelos raios X, descobre outro tipo de raios invisíveis. Dessa vez, no entanto, eles provêm de um mineral, o urânio. De modo quase mágico, sem a ajuda de luz ou eletricidade como os raios X, o urânio emite raios que também penetram a matéria e duram bastante tempo.

Mas de onde vem a energia
que o urânio emite?
Marie decide pesquisar essa questão
no doutorado, o grau mais elevado
nos estudos em física.
Em um dia de fevereiro de 1898,
ela coloca sobre a bancada do
laboratório um pedaço grande de
rocha preta, chamada pechblenda,
usada para tingir de amarelo vidros,
cerâmicas e cristais da Boêmia.

É essa rocha, rica em urânio, que Marie vai analisar. Seu objetivo é descobrir todos os elementos que ela contém, além do urânio. Pierre e Marie não têm um laboratório de verdade. Trabalham em um lugar miserável, na rua Lhomond, atrás do Panteão. A chuva atravessa o telhado de vidro; no inverno, é um gelo e, no verão, um forno. Um químico alemão declarou depois de visitá-los:

— O laboratório parecia ao mesmo tempo um estábulo e um armazém de batatas.

Isolar e descobrir os elementos
contidos na pechblenda, além
do urânio, é um trabalho difícil.
É preciso tratar toneladas da rocha.
Mas onde conseguir tanto?
Nas minas da Boêmia.
Ainda naquele ano, uma carroça
descarrega sacos pesados no pátio
da oficina-laboratório dos Curie:
toneladas de pechblenda.

Não, não é uma feiticeira que transporta dezenas de quilos de pedra e remexe, com uma longa vara, um caldeirão de matéria negra borbulhante. É Marie Curie, a cientista de saúde frágil, mas de coragem e persistência imensas, trabalhando incansavelmente pela ciência. No armazém ao lado da oficina, usando um velho avental preto, em meio a uma nuvem de fumaça pesada, ela realiza diferentes processos químicos para isolar e descobrir metais desconhecidos.

Em 18 de julho de 1898, o casal
depara com um novo metal.
— Você tem de dar um nome a ele
— diz Pierre. Lembrando-se de seu país natal,
Marie responde docemente:
— Vamos chamá-lo de polônio.
Esse metal emite quatrocentas vezes mais radiação que o urânio, e Marie nomeia o fenômeno de radioatividade. No entanto, ainda lhes falta descobrir uma substância, bem mais potente que o urânio e o polônio!

Trata-se do rádio, um milhão
de vezes mais ativo que o urânio.
Finalmente, em 1904, eles conseguem extrair
um único grama de rádio puro, depois de
tratarem oito toneladas de pechblenda.
À noite, após colocar a filhinha Eve para dormir,
Pierre e Marie se dirigem ao velho armazém que
funciona como laboratório. Fascinados, contemplam
a substância maravilhosa, depositada em minúsculos
cadinhos, e sua bela cor azul luzindo na escuridão.

Quatro anos se passam. Sem dinheiro, nem laboratório, sem ajuda alguma. Pierre sofre de dores violentas nas pernas; as mãos de Marie estão corroídas, queimadas pelos ácidos. Ambos ficam doentes com frequência e sentem cansaços extremos, que os médicos não compreendem. Ainda assim, mais tarde, Marie escreverá sobre esses anos: "Nós vivíamos como em um sonho".

Trata-se de uma verdadeira revolução! A descoberta deles vai transformar a física. Havia surgido uma nova energia, vinda diretamente da matéria. O rádio poderá substituir a madeira e o carvão. Graças à substância, os médicos começam a curar tumores cancerígenos. Mas é preciso saber extrair o rádio, e apenas os Curie conhecem a técnica.

Quando pedidos do mundo inteiro começam
a chegar, Pierre diz a Marie:
— Podemos nos considerar os proprietários,
os "inventores" do rádio... e garantir os direitos sobre
sua fabricação em nível mundial.
Eles poderiam ganhar fortunas, bastaria registrar a patente.
Marie, contudo, não precisa pensar muito.
— Não! O rádio servirá para curar os doentes,
para fazer a medicina avançar.
E, assim, eles fornecem aos cientistas do mundo
inteiro os resultados de suas pesquisas.

A caminho da glória!

Em 10 de dezembro de 1903, Marie Curie é agraciada, com seu marido e Henri Becquerel, com o Prêmio Nobel de Física, a mais alta das distinções científicas. Ela é a primeira mulher a receber um Nobel.

Logo Pierre e Marie ficam famosos, e dos quatro cantos do mundo chegam jornalistas e fotógrafos, que os perseguem no laboratório, cercam a casa deles, e até Didi, o gato da família, malhado de branco e preto, vira celebridade. Os norte-americanos lhes oferecem quantias fabulosas para dar conferências.

Porém tanto Marie como Pierre detestam esse tipo de exposição. Eles se veem assediados, cercados, sentem falta do tempo em que eram desconhecidos e podiam trabalhar tranquilos.

"Gostaríamos de poder nos esconder debaixo da terra para ter paz", escreve Marie ao irmão.

Pierre é finalmente nomeado professor de física na Sorbonne, mas sente falta de um verdadeiro laboratório, com o qual sonha há anos e que ainda não foi construído.

Em 19 de abril de 1906, o céu de Paris amanhece sombrio, com chuva. Nas ruas estreitas e congestionadas, ressoam os gritos dos cocheiros, o ranger dos bondes, os motores dos carros. Um veículo pesado, atrelado a dois cavalos, surge na rua Dauphine. Pierre Curie, que vem a pé atrás de uma charrete, portando seu grande guarda-chuva negro, não o vê e cai, sendo esmagado pelos cascos dos cavalos.

O universo de Marie desaba. Dilacerada pela dor, ela usará luto durante longos anos. De repente, vê-se sozinha com as filhas, Irène e Eve, de nove e dois anos. No entanto, recusa todas as ajudas que lhe oferecem e protesta:

— Sou jovem o bastante para ganhar a vida e cuidar de minhas filhas.

Eis que recebe o convite para ocupar o posto criado para Pierre Curie na Sorbonne.

Em 5 de novembro de 1906, diante de um anfiteatro tomado pela multidão, ela dá sua primeira aula. Depois de ter sido a primeira mulher a receber um Prêmio Nobel, Marie Curie se torna a primeira mulher nomeada professora em uma universidade francesa.

EXCELSIOR

Jornal Diário Ilustrado

Diretor: Pierre LAFITTE
ASSINATURAS

Informação - Literatura - Ciências - Artes - Esportes - Teatro - Estilo

Av Champs-Elysées, 88
PARIS

A Academia de Ciências avalia hoje a candidatura da Sra. Curie

Conferência de Física de Solvay – 1911

Marie Curie e Albert Einstein

Sra. Curie

Ao mesmo tempo que leciona, ela prossegue com suas pesquisas. Marie Curie brilha na comunidade científica internacional, ao lado dos maiores cientistas: Einstein, Rutherford, Max Planck... E é com confiança que apresenta sua candidatura à Academia de Ciências. No entanto, as portas da academia permanecem fechadas para ela, dada sua condição de mulher e estrangeira.

A essa profunda decepção, soma-se um escândalo que estoura no outono de 1911. A imprensa revela sua ligação com o famoso físico Paul Langevin, casado e pai de família.

Arrasada e doente, Marie Curie pensa até em trocar a França pela Polônia.

Nesse ínterim, chega a notícia extraordinária:
ela novamente é agraciada com o Prêmio Nobel!
Pela primeira vez, um laureado é contemplado
duas vezes.

"Os laboratórios de pesquisa são os templos do futuro", escreve ela, quando nasce enfim o projeto do verdadeiro laboratório. O Instituto Curie reunirá dois laboratórios, um dedicado à pesquisa em físico-química e o outro, à medicina.

Durante dois anos, Marie acompanha os trabalhos de construção da obra. Ela desenha plantas e discute com os arquitetos, exigindo cômodos amplos, banhados de luz, e salas de pesquisa.

Também quer um jardim. Ela mesma cultiva rosas trepadeiras e escolhe tílias e plátanos, cujo plantio é feito antes de os trabalhos começarem.

— Assim que abrirmos o laboratório, as árvores já estarão desenvolvidas e as copas, em flor — diz Marie.

Enfim, em julho de 1914,
o tão sonhado Instituto do Rádio
abre as portas.

Primeiro de agosto de 1914. Como todo verão, as cidades vivem de modo mais relaxado e, no campo, é tempo de colheita. Faz muito calor, está abafado, sem um sopro de vento sequer... De repente, os sinos das igrejas começam a soar o lúgubre toque de alerta, e os guardas a bater seus tambores.

Cartazes são colados nas paredes das prefeituras: foi declarada a guerra. De todas as partes, os homens se preparam para partir em combate. Marie está em Paris, e suas filhas passam férias na Bretanha. Logo ela escreve a Irène, que ainda não completou dezessete anos:
"Procuraremos ser úteis, eu e você. Estou decidida a colocar todas as forças a serviço de minha pátria de adoção".
Como se tornar útil?

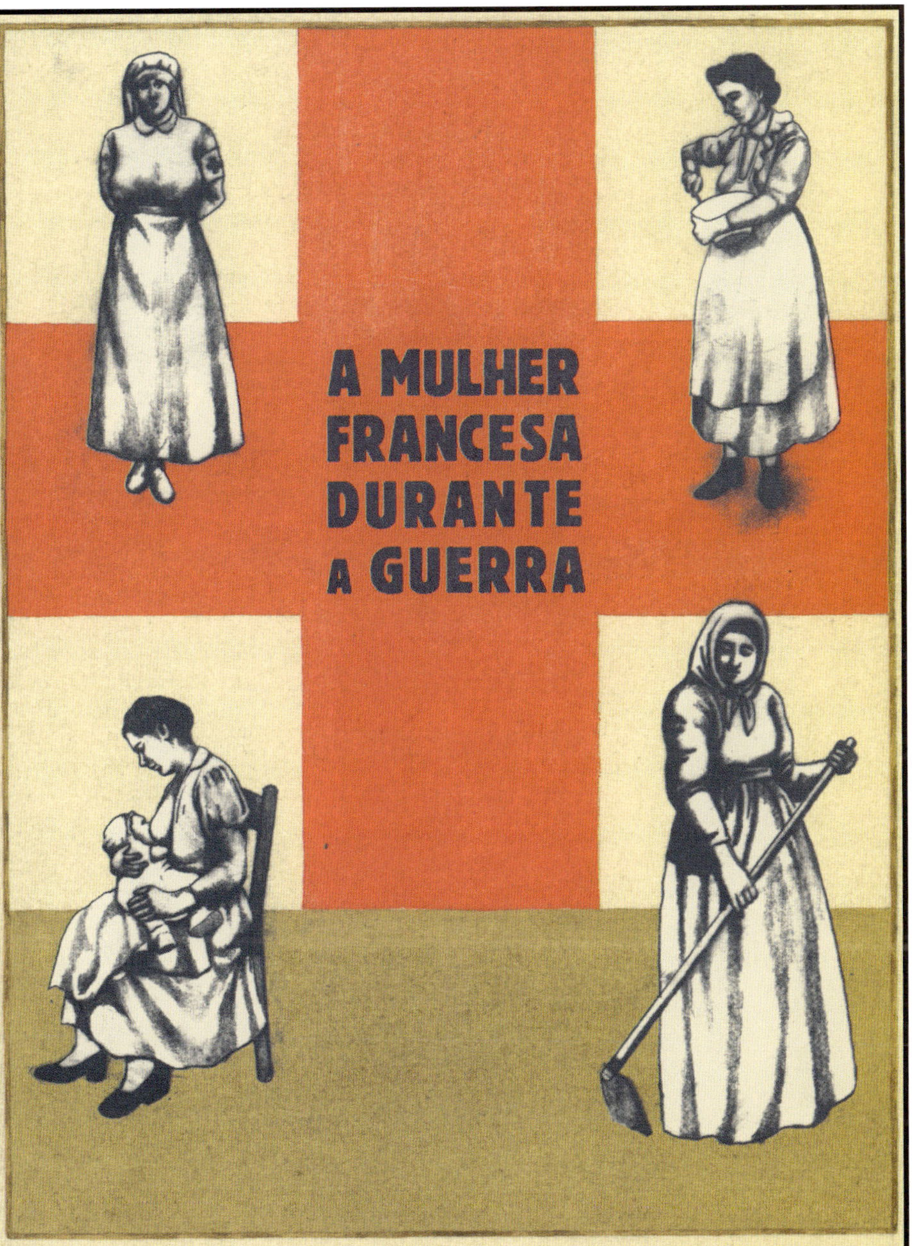

Logo já são milhares de mortos e feridos. Marie Curie fará como muitas mulheres da alta sociedade e colocará um véu branco de enfermeira para servir nos hospitais? Não, como cientista, poderá ser útil de outra forma. Ela então pensa nos famosos raios X de Roentgen, que permitem explorar o interior do corpo humano, fotografar ossos e órgãos.

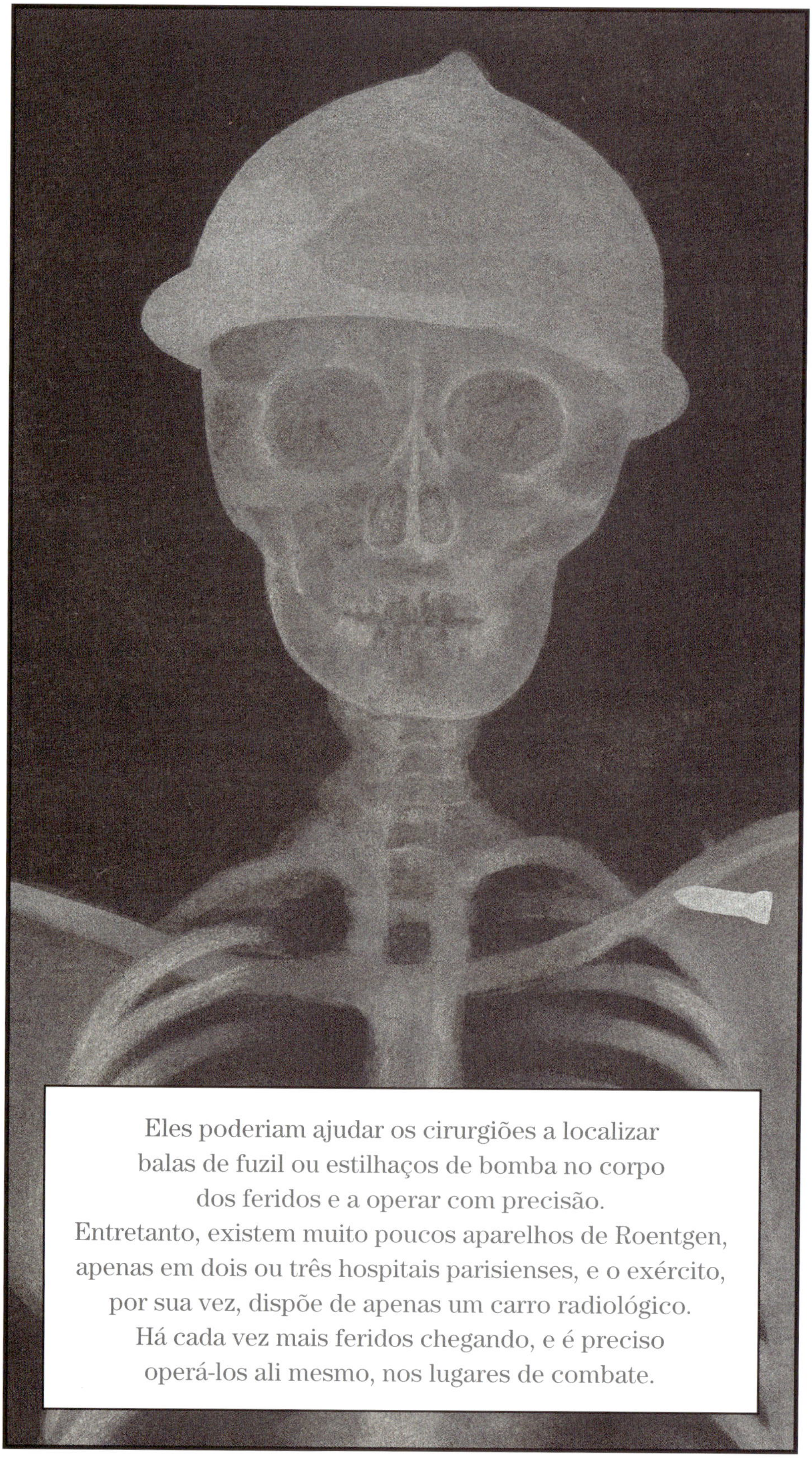

Eles poderiam ajudar os cirurgiões a localizar balas de fuzil ou estilhaços de bomba no corpo dos feridos e a operar com precisão. Entretanto, existem muito poucos aparelhos de Roentgen, apenas em dois ou três hospitais parisienses, e o exército, por sua vez, dispõe de apenas um carro radiológico. Há cada vez mais feridos chegando, e é preciso operá-los ali mesmo, nos lugares de combate.

Valendo-se de seu prestígio, Marie recorre aos ministérios, solicitando mais carros radiológicos. Pede também ajuda às famílias ricas, e princesas lhe emprestam seus veículos, belas limusines e carros esportivos que ela manda equipar.

— Eu os devolverei depois da guerra, se não estiverem inutilizados — promete.

Marie ainda vai atrás de fabricantes de veículos em Paris e arredores.

Diante dos obstáculos, ela usa sua autoridade e renome, sentindo-se feliz com sua fama pela primeira vez na vida. Às pessoas que dizem “Vai ser difícil” ou “Nunca fizemos isso”, Marie responde:
— Mas vão ter de fazer mesmo assim.

É urgente formar radiologistas, e ela dá aulas com a ajuda de seus alunos, da colaboradora Marthe Klein e de sua filha Irène. Por fim consegue instalar duzentos postos de radiologia nos hospitais militares e equipar vinte carros, que passam a percorrer os campos de batalha. Em homenagem à coragem e à força de vontade de Marie, esses carros radiológicos são chamados de "pequenos Curie".

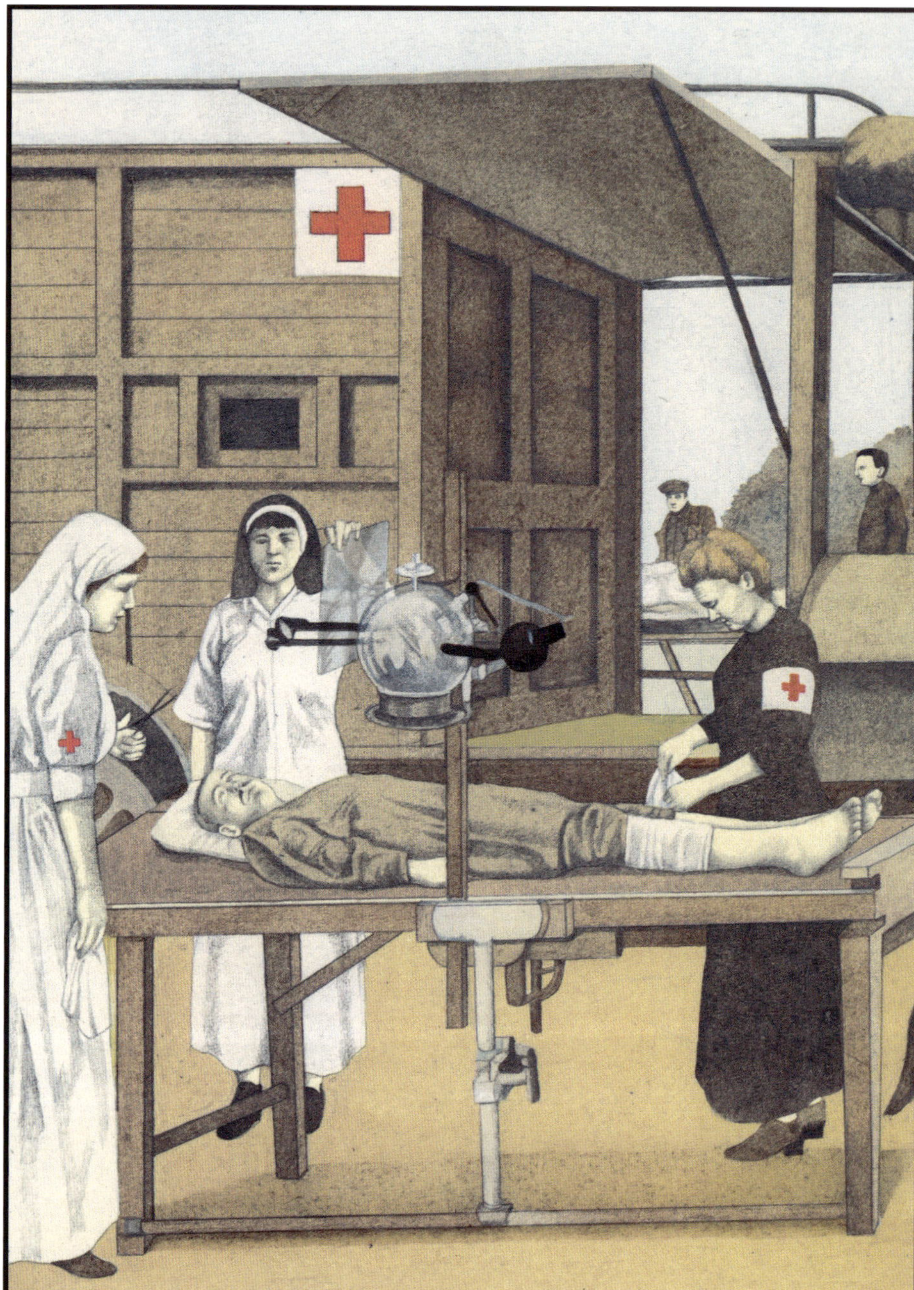

Ela mesma obtém sua carteira de motorista e dirige um dos pequenos Curie. Assim, essa mulher famosa percorre os campos de batalha, vestindo um casaco negro de alpaca, todo surrado e ornado com uma antiga braçadeira da Cruz Vermelha. Usa um chapeuzinho redondo de viagem, mole e desbotado, e tem como bagagem apenas uma velha sacola de couro amarelo.

Ela mesma gira a manivela do motor para fazer pegar
o carro em dias de muito frio, troca pneus, limpa
o carburador. Marie não exige conforto algum,
dorme em qualquer lugar e se alimenta de muito pouco;
é um verdadeiro soldado.
Mais de um milhão de feridos serão socorridos
e examinados nos pequenos Curie e nos hospitais.

Quando a paz finalmente se instala, Marie volta ao laboratório e retoma as experiências iniciadas antes da guerra. Em uma manhã de maio de 1920, a senhora Meloney, jornalista norte-americana e grande admiradora de Marie, faz-lhe uma visita.

— Se a senhora pudesse realizar um desejo, o que pediria? — pergunta.

— Pediria um grama de rádio para continuar minhas pesquisas — responde Marie.

Um grama de rádio custa cem mil dólares.

A senhora Meloney lança uma ampla campanha e reúne a soma necessária. Um ano depois, em 20 de maio de 1921, o presidente dos Estados Unidos entrega a Marie Curie, em Washington, uma caixinha recoberta de chumbo e coloca em seu pescoço um colar de cetim, no qual está amarrada uma minúscula chave de ouro. O precioso grama de rádio repousa na pequena caixa.

Então a doença nela se instala.

Seus lindos olhos acinzentados são cobertos por um véu. Marie fica cega e precisa de inúmeras cirurgias para recuperar um pouco da visão. Mesmo cada vez mais fraca, ela continua a conduzir pesquisas, a dar aulas e à frente da direção do Instituto do Rádio.

O Instituto do Rádio se tornou uma espécie de colmeia onde Marie Curie, que sempre quis ensinar e transmitir conhecimento, acolhe jovens pesquisadores do mundo inteiro. Ela os chama de “crianças do laboratório”.

Em uma tarde radiante de maio de 1934, ela passeia pelo jardim do instituto, admirando as cores da primavera. Uma roseira parece doente. Ela chama Georges, o jardineiro, e lhe pede que cuide dela. Uma febre alta a obriga a voltar para casa. Antes de partir, ela diz:

— Não se esqueça da roseira, Georges.

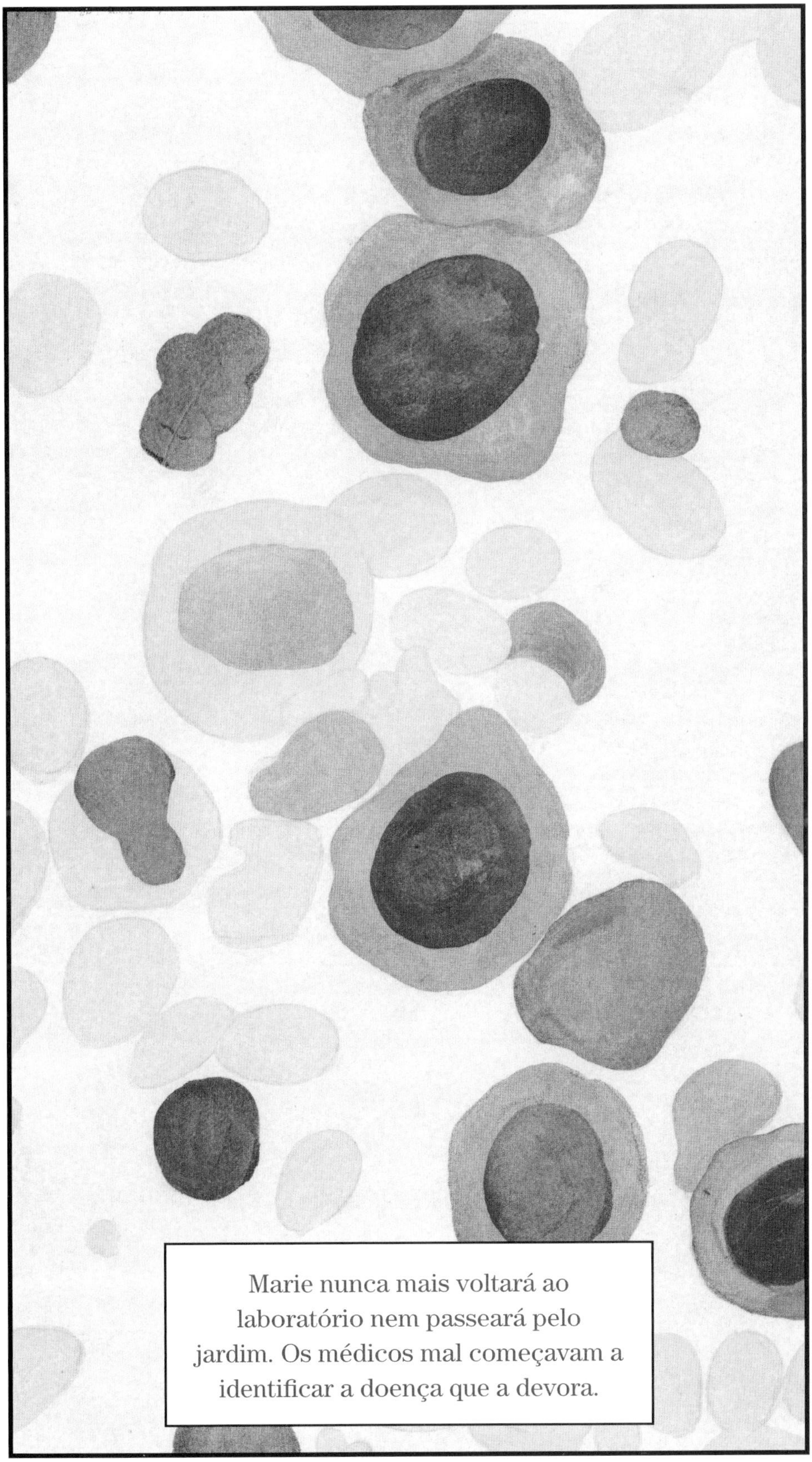
Marie nunca mais voltará ao laboratório nem passeará pelo jardim. Os médicos mal começavam a identificar a doença que a devora.

Ela morre
em 3 de julho de 1934.

A doença tem uma causa:
o rádio e seus raios,
que Marie Curie recebeu
sem proteção durante
trinta e cinco anos.

Dizem que, às vezes, o vulto de uma mulher magra
e de cabelos claros passa rapidamente
por trás das janelas do antigo prédio de tijolinhos.
Trajando uma longa veste escura, ela atravessa salas
onde brilham bancadas de cerâmica branca
e senta-se diante de uma grande escrivaninha
de madeira, na qual repousa um telefone antigo.
Apoia o queixo na mão e parece sonhar acordada.

Ela também é vista caminhando lentamente pelas alamedas do pequeno jardim, curvando-se sobre os roseirais, cujas flores toca com suas mãos calejadas.

No entanto, é diante de uma caixinha de madeira
e chumbo que ela se demora mais, e um sorriso
se desenha em sua fisionomia tão séria.

Mais precioso que o diamante mais puro
e mais raro, o grama de rádio trazido
dos Estados Unidos repousa ali.

Notas da ilustradora

Folha de rosto Representação dos manuscritos de Marie e Pierre Curie, atualmente preservados com medidas de segurança, porque ainda estão radioativos.

Pág. 9 A ilustração, caracterizada por certa sacralidade e imobilidade, surgiu do desejo de criar uma referência visual de um tema tradicional da iconografia cristã: a Madona e o Menino. Em particular, de uma representação da Virgem Maria da tradição bizantina medieval, a Virgem Negra de Czestochowa. Como relata Susan Quinn em *Marie Curie: uma vida* (Scipione, 1997), na Polônia do século XIX, o nome de Maria estava intimamente ligado à causa nacional. Na verdade, acreditava-se que a Virgem Negra de Czestochowa teria ajudado a Polônia em 1655, expulsando os invasores suecos.
A própria Maria Salomea Sklodowska, que conhecemos como Marie Curie, deve seu nome ao ardor patriótico dos pais: para eles, não se tratava apenas do nome da Santa Virgem, mas, como dizia o pai, Wladyslaw, do nome "da padroeira [...] de nossa terra".

Pág. 10 A ilustração representa o ginásio masculino na rua Nowolipki, em Varsóvia, onde o professor Sklodowski trabalhava. Naquele tempo, na parte da Polônia dominada pelos russos, as escolas tinham poucos professores bons, pois eram constantes as substituições por docentes mais jovens, escolhidos conforme inclinações políticas e não habilidades didáticas. Em 1873, Wladyslaw Sklodowski, hostil à "russificação" destinada a apagar os traços da consciência polonesa, perdeu o cargo de vice-diretor do ginásio de Nowolipki. A imagem que me guiou na representação do edifício é de um fotograma do filme polonês *Mlody las* [Floresta jovem], drama histórico de 1934 dirigido por Józef Lejtes, vencedor, com menção honrosa, no Festival de Cinema Soviético de Moscou em 1935. O prédio que abrigava a escola para rapazes foi bombardeado em 1939.

Pág. 15 O eletroscópio de folhas é um instrumento que serve para determinar se um corpo está eletricamente carregado. Quando se encosta um corpo com carga elétrica na placa superior, parte dessa carga se espalha pelo condutor e as folhas se repelem, portanto se abrem; por outro lado, se o condutor não estiver carregado, a gravidade faz as duas folhas se alinhar verticalmente. O fenômeno é baseado em uma das propriedades fundamentais da eletrostática: corpos com carga elétrica de mesmo sinal se repelem.

Pág. 18 A imagem, deslocada cronologicamente da narrativa, mostra Maria ainda jovem. Ela era a menor aluna e a mais nova, mas também uma das que melhor falavam russo. Por isso, era frequentemente questionada sobre noções da história russa ou chamada para recitar um poema durante as temidas visitas de inspetores russos. Esse fato é descrito em detalhes no livro *Vita della Signora Curie* [Vida da senhora Curie], de Eve Curie (Mondadori, 1938), e testemunha o profundo desconforto de Maria durante seus anos de escola.

Pág. 26 Homenagem a *Paisagens* (1963/1970), do fotógrafo Mario Giacomelli.

Pág. 33 Por volta de 1890, a Sorbonne tinha cerca de 9 mil estudantes, entre esses só pouco mais de duzentas eram moças. Dos 1.825 alunos da Faculdade de Ciências, somente 23 eram mulheres, entre as quais Marie. Além disso, nas universidades, os estrangeiros, como ela, eram considerados uma categoria à parte e tinham de obedecer a regras de conduta diferentes.

Pág. 53 Na época de sua descoberta, o rádio foi apontado como resposta a qualquer doença. Estava em pastas de dente, cremes, tratamentos para câncer, lúpus e outros problemas. Infelizmente, ainda não eram conhecidos os efeitos mutagênicos que uma exposição contínua à radiação poderia causar, embora Pierre já tivesse sentido o potencial tóxico perigoso do elemento, tanto que falou sobre isso na cerimônia de entrega do Prêmio Nobel.

A descoberta foi logo explorada nas estratégias publicitárias de vários setores. A extinta marca francesa de cosméticos Tho-Radia, por exemplo, lançou um creme "à base de tório e rádio", cuja patente era atribuída a um certo doutor Alfred Curie, que, apesar do nome, os cientistas desconheciam. Minha imagem é uma recriação do anúncio original. Adicionei dois tubos de ensaio com água inicialmente gelada, que aquece, evapora e condensa, criando uma espécie de cogumelo atômico. Naquele tempo, Pierre publicou um artigo revelando uma descoberta bastante surpreendente: apenas um grama de rádio era capaz de levar um grama de água gelada à temperatura de ebulição em uma hora. Um historiador da ciência viu nessa descoberta "a primeira aparição, nos assuntos humanos, da energia atômica sob a forma familiar de calor" (Susan Quinn).

Pág. 55 Em 1903, os membros da Academia de Ciências propuseram a candidatura de Pierre Curie ao Nobel, ignorando completamente a contribuição científica de Marie na descoberta da radioatividade. No entanto, era impossível não reconhecer a grande importância de sua colaboração. Pierre assim respondeu à carta que anunciava sua candidatura: "Se alguém está realmente pensando em mim [para o prêmio], desejaria fortemente que meu nome viesse associado ao da senhora Curie, no que diz respeito a nossa pesquisa sobre corpos radioativos". Durante a cerimônia, apenas Pierre fez o discurso, mencionando Marie várias vezes. Por esse motivo, imaginei-a sentada.

Pág. 60 Imagem inspirada na obra *Quadro-negro* (1877), de Winslow Homer.

Pág. 61 A ilustração é uma recriação minha (não uma reprodução) da primeira página do jornal francês *Excelsior*, de 9 de janeiro de 1911. De fato, a página do jornal trazia, sob mesmo título, um retrato de Marie Curie de frente e de perfil e uma carta de pedido de admissão ao Instituto de Ciências assinada pela cientista, acompanhada de um artigo de opinião. Na minha recriação, nem o artigo nem a carta aparecem, tendo sido substituídos pela reprodução da foto da Conferência de Física de Solvay (Bruxelas, 1911), que contou com vinte dos mais eminentes cientistas da época; e pela reprodução de outra foto de Marie Curie, desta vez acompanhada de Albert Einstein. Embora ambos tivessem se correspondido em 1911, quando Einstein enviou a Marie Curie uma carta de apreço e apoio, o encontro deles, retratado na foto em questão, ocorreu alguns anos depois.

Pág. 62 Paul Langevin era um cientista apaixonado e brilhante, que vivia um tumultuado relacionamento com a esposa, Jeanne, repleto de chantagens e brigas calorosas. A figura colérica e em gritos, que representei no canto inferior direito, é referência a um detalhe do trabalho da obra de Agnolo Bronzino *Alegoria do triunfo de Vênus* (c. 1540-1545), óleo sobre painel, preservado na National Gallery de Londres. Na pintura de Bronzino, é possível ver, no lado esquerdo, a mesma figura gritando com as mãos nos cabelos. Essa mulher, supostamente, seria a personificação do ciúme e do desespero.

Pág. 71 Como contraponto ao que representei no cartaz, que parece convidar as mulheres a contribuir na guerra apenas com os trabalhos femininos tradicionais, é preciso dizer que o conflito mundial obrigou muitas mulheres, inclusive da classe média francesa, a assumir ocupações incomuns em substituição aos homens chamados ao *front*: trabalho em fábricas de armamento, condução de bondes, carregamento de carvão, trabalho no campo.

Pág. 74 Procurei representar um momento significativo da grande contribuição que Marie ofereceu à França, durante os anos da Primeira Guerra Mundial. Além de cuidar da instalação dos equipamentos de raios X, Marie ministrava um curso básico de radiologia, a chamada escola para *manipulatrices* (as técnicas em radiologia). Mulheres de diferentes contextos sociais participaram de intensas semanas de treinamento, tornando-se capazes de operar e manter em funcionamento o equipamento radiológico.

Sua filha Irène, que tinha apenas dezoito anos, sempre trabalhou ao lado da mãe e também se tornou professora na escola.

Pág. 80 Na imagem, ao lado de Marie, está retratada Irène Joliot-Curie. Filha de Pierre e Marie e irmã de Eve, Irène continuou a pesquisa de seus pais e recebeu, em 1935, com o marido Frédéric Joliot, o Prêmio Nobel de Química.

Pág. 83 A morte de Marie foi atribuída a uma anemia aplástica com evolução rápida e febril. Sua medula óssea não reagiu, provavelmente devido às alterações causadas pela longa exposição à radiação. Na imagem, uma tentativa de representar os efeitos da radiação nas células do corpo.

***

Esta é apenas uma parte das observações relacionadas às imagens. É realmente difícil indicar na íntegra a infinidade de material pesquisado nesses meses, sem o qual teria sido muito difícil abordar a vida da cientista.

Em especial, foi imprescindível a biografia precisa, escrita por Susan Quinn, *Marie Curie: uma vida* (Scipione, 1997). De grande auxílio também foram a biografia que Eve Curie escreveu apenas três anos após a morte de sua mãe, *Vita della signora Curie* (Mondadori, 1938), e sua *Autobiografia* (Castelvecchi, 2017). Essencial para o aprofundamento de questões mais específicas nos âmbitos histórico, cultural e científico foi o material disponível *online*, em particular a grande quantidade de dados gentilmente colocados à disposição no *site* do Museu Curie. Por fim, os muitos filmes e documentários dedicados a ela, mais ou menos recentes, me ajudaram a recriar os lugares e a atmosfera da densa vida da cientista.

Claudia Palmarucci

Tradução: Adilson Miguel

Irène Cohen-Janca nasceu em Túnis, capital da Tunísia, em 1954. Passou a infância no país e, mais tarde, mudou-se para a França, onde reside. É formada em Literatura Moderna e trabalha como bibliotecária e escritora. Desde 2000 vem publicando diversos romances e álbuns infantojuvenis, tendo recebido prêmios por sua obra.

Claudia Palmarucci nasceu em Tolentino, Itália, em 1985. Estudou na Academia de Belas Artes de Macerata, onde leciona, e é mestre pela escola de ilustração Ars in Fabula. Com o livro *La Rosa* (2011), sua estreia como ilustradora, foi selecionada pela Illustr'arte 2011 e, de lá para cá, ilustrou vários outros livros, muitos deles premiados.

Em 2020, *Marie Curie no país da ciência*
foi uma das obras ganhadoras do Bologna Ragazzi Award,
premiação concedida anualmente às melhores obras
infantojuvenis nacionais e estrangeiras durante
a Feira do Livro Infantil e Juvenil de Bolonha, Itália.

Fonte: ITC Century Book
Papel: Couché fosco 150 g/m²